Tres tristes tigres reúne los más divertidos y útiles trabalenguas que durante muchas generaciones han servido y continúan sirviendo para hacer reír, al tiempo que mejoran el habla y la agilidad mental.

En las páginas de este libro hallarás reunidos el ingenio, la picardía y la originalidad de innumerables personas que, al igual que tú, gustan de hacer juegos y malabares con las palabras; las moldean, las hacen bolas (y a veces también se hacen bolas a sí mismas) para luego compartirlas en forma de sencillos y a la vez complicados versitos, enredijos verbales o en simples chistes, pues ese es el chiste de trabar y destrabar lenguas.

Tres tristes tigres es, en suma, mucho más que un paquete de trabalenguas para que te destrabalengües.

GUILLERMO MURRAY

TRES
TRISTES
TIGRES...

actualidad editorial

SELECTOR
actualidad editorial

Doctor Erazo 120   Tels.   588 72 72
Colonia Doctores   Fax: 761 57 16
México 06720, D. F.

TRES TRISTES TIGRES

Diseño de portada: Sergio Osorio
Ilustraciones de interiores: Erik Proaño y Ana Tourné

D.R © 1997, Selector, S.A. de C.V.
Derechos exclusivos de edición reservados para el mundo

ISBN: 968-403-993-X

Vigésima Segunda reimpresión. Noviembre de 2004.

CONTENIDO

Para Amaranta y Guillermo,
pues serán los niños que más lo disfruten.

Con amor, papá.

1

HOCUS POCUS

(Primeras palabras

para niños)

PRÓLOGO PARA NIÑOS
DE UNO A CIEN AÑOS

*H*ace mucho tiempo las personas empezaron a hablar.

Luego luego comenzó el enredijo.

—¿Qué dijo usted? –preguntó Macana Rápida.

—¿Qué usted dijo, qué? –respondió, también a modo de pregunta, Macana Veloz.

Ni hablar, se enredaron a macanazos.

Fue entonces que intervino Doña Lengua y propuso:

—En lugar de macanazos, trabalenguas.

A Macana Rápida se le ocurrió un trabalenguas de este tipo:

Una cosa de nada,

nada de una cosa,

una cosa nada.

Macana Veloz tenía que responder. El reloj de piedras estaba por dejar caer su última roca, cuando dijo:

Un dicho he dicho.

Un dicho que digo yo.

¿Qué cosa he dicho,

digo un dicho,

digo yo?

De lo más contenta, Doña Lengua Pitagórica, dijo pitárica:

—¡Han quedado... lindísimos!

Y tras declarar un empate, se los aprendió de memoria.

Aquello era demasiado para Macana Veloz. Y también para Macana Rápida. Así
que decidieron unir sus lenguas para fabri-
car enredos.

Desde ese día, en lugar de macanazos,
trabalenguazos...

Pasó el tiempo... el tiempo siempre pasa,
sólo que los escritores cuando no saben qué
poner al principio de una frase, escriben
una tontería... y el tiempo volvió a pasar.

Llegó el día en que eran tantos los trabalenguas que la memoria de la pura Lengua
ya no fue suficiente. Así que, sin darse
cuenta, comenzaron a cambiar un poquito,
luego otro poquito, hasta que *poquito a
poquito Paquito Paquetes empaqueta copitas en
estos paquetes...*

Y ya no se parecían en nada a los originales.

Pero eran lindísimos... Bueno, según el
criterio de Doña Lengua.

Y muchos, muchísimos...

De boca a oreja, de oreja a boca... a veces pasando por algún cerebro, los trabalenguas siguieron su camino.

Nadie se acordó en la encrucijada quién había sido el autor, padre o creador de los mismos, por lo que quedaron huerfanitos.

Fue así que me los encontré. Llorosos.

—¿Qué les pasa? –los interrogué.

—Nos tienen olvidados –dijeron.

—¡Pobrecitos!

—Júntanos en un librito... ¡ándale!

Y qué iba yo a hacer... No me quedaba más remedio que tratar de cobijarlos a todos, bueno, a los más posibles, dentro de un libro.

Lo malo fue que no cupieron.

Los niños estaban encantados al encontrar a los trabalenguas que se les habían olvidado en este libro de los trabalenguas. ¡Allí estaban sus grandes amigos!

Con decirles que hubo concursos y toda la cosa. Se colocaba en una esquina un trabalengüero con su cartuchera repleta de ellos, en la otra, el más rápido del vecindario. Y se trenzaban en un duelo donde llovían palabras, se lanzaban comas restallantes y en ocasiones hasta sobresdrújulas... Macana Veloz y Macana Rápida, desde el cielo de los Homo Lingüis, reían satisfechos.

Entonces un señor con buena Estrella, así se llama, de veras, me dijo:

—Andan por allí algunos trabalenguas llorones, que si los puedes cobijar en otro libro.

—¡Ya vas...! Perdón, señor Estrella, a sus órdenes.

Y así nació un nuevo libro de trabalenguas.

Busqué trabalenguas en muchos rincones, les encanta meterse en libros viejos, entre las canas de las maestras y también entre los juguetes preferidos de los niños. Margarita Robleda sabía algunos. Sergio Andricaín, Flora Marín de Sásá y Antonio Orlando Rodríguez me contaron muchos más. Y mi admirada Carmen Bravo-Villasante se sabía un montón. También encontré muchos trabalenguas en libros argentinos, como el de Carlos Silveyra y el de Elsa Bornemann.

En cuanto los tuve, se los llevé al señor Estrella.

Me asustó verlo sonreírse de oreja a oreja, como un gato relamiéndose los bigotes. Pensé que iba a comérselos. Pero no, sólo los saboreaba...

Entonces se puso en marcha este libro número dos.

Calcularon cuántos iban a tirar en la primera edición.

Le pidieron a Flandes, el diseñador, que hiciera los dibujos.

Y mandaron a los pobres trabalenguas a la imprenta, donde luego de apachurrarlos bien apachurraditos en la prensa, ya estaban listos, peinados, encorbatados y con un listón en el pelo, para que tus ojos los hicieran volar al reino de la imaginación.

Este librito que ahora tienes en tus manos pasó por muchas otras antes de ser tuyo. Primero lo revisaron, lo cual es como cuando el doctor te hace cosquillas. Después lo mandaron a los distribuidores, momento en que los libros hermanos se despidieron unos de otros. "Adiós ejemplar diez mil", dijo el ejemplar nueve mil novecientos noventa y nueve. Y fue así que llegaron en camionetas a las librerías.

Una señorita muy emperifollada que comía perejil y no se desemperejilaba los colocó en un estante.

Les dijo:

—Quietos y en fila india.

—¡A la orden! -respondieron, obedientes, los libros.

Y cuando tú te acercabas, pensaban:

—"Llévame, ándale, llévame a tu casa, a tú corazón y fantasía... ¡A mí me toca!"

No sé como es tu carita.
Ni el color de tus ojos.
Pero quiero conocerte.

No hay nada que haga más feliz a un escritor que las cartas de sus amigos. Las letras de sus amigos. ¡LOS TRABALENGUAS DE SUS AMIGOS!

¿Qué te parece si me mandas unas palabras? ¿Te gustó el libro? ¿Tienes un nuevo
trabalenguas? ¿Conoces trabalenguas en otros
idiomas, tal vez en maya o en náhuatl y
quieres compartirlo conmigo y luego con
miles de niños?

Un beso, y ¡hasta la próxima!

2

PABLITO CLAVÓ DOS CLAVITOS

(Trabalenguas populares)

¡COMENZAMOS!

Principiar principiando

Principiar principiando
desde el principio quiero,
para ver si principiando
desde el principio
principiar puedo.

Mary Poppins

Supercalifragilisticoespialidoso,
aunque al decirlo suena enredoso,
supercalifragilisticoespialidoso.

El clavo de Pablito

Pablito clavó un clavito.
¿Qué clavito clavó Pablito?

Pablito clavó dos clavitos

Pablito clavó un clavito
en la cabeza de un calvito.
En la cabeza de un calvito,
un clavo clavó Pablito.
Pablo Pablito clavó dos clavitos
en la cabeza del calvito Cabral.
En la cabeza del calvito Cabral,
Pablo Pablito clavó dos clavitos.

Cabral clavó un clavo

Cabral clavó un clavo.
¿Qué clavo clavó Cabral?

La Chata Tucena

La Chata Tucena su choza techaba
y un techachozas que atento acechaba
le dijo: —¿Qué techa la Chata Tucena?
Ni techo mi choza ni techo la ajena,
techo la choza de la Chata Tucena.

¡Ah!

La Habana aclamaba a Ana
la dama más agarbada,
más afamada.
Amaba a Ana, Blas,
galán tan cabal,
tal amaba Marta a Adán.
La plaza llamada Armas
daba casa a la dama.
Blas la hablaba cada mañana,
mas la mamá de Ana,
llamada Amaranta Alvar,
nada alcanzaba.
La tal mamá trataba
jamás casara a Ana,
hasta hallar gran galán,
casa alta, ancha arca,
para apañar adahalas.

Ana

Mi hermana Ana,
teje en la ventana, con lana.
Del paso al piso, del piso al paso.
¿Cuánto pesa? ¿Cuántos pesos?

EN EL ZOOLÓGICO

(Trabalenguas con animales)

Zipi zape en el zoo

Zipi zape garrapata,
zipi zape sapo verde,
zipi zape cocodrilo,
zipi zape cuidado que te muerde,
que sus dientes tienen filo.
Zipi zape adiós.

(Guillermo Nicolás Murray Tortarolo)

LAS AVES

Pollos en un guacal

Guardo en un guacal
pollos y patos gordos,
patos y pollos gordos
guardo en un guacal.
Pollos y patos gordos,
patos y pollos gordos,
guardo en el guacal.
En la canasta llevo
patos y pollos gordos
pollos y patos gruesos
en la canasta llevo.
Vendo pollos y patos gordos.
Patos y pollos gordos vendo yo.

¡Pollos peludos!

Si tú dices como yo
la lengua se te hace nudo:
tres pollos bolos peludos,
tres peludos pollos bolos.

Perdiz-garza o garza-perdiz

Perdiz dijo a la garza:
—¿Qué haces, garza?
—Perdiz, ¿qué haces?,
dijo la garza.

Grifos y garzas

Yo tenía una garza grifa
con cinco garcigrifitos;
como la garza era grifa
grifos fueron los garcigrifitos.

Una pájara

Una pájara peca,
meca, drega, andorga,
cucuruchaca, coja y sorda.
Si esta pájara no fuera peca,
meca, drega, andorga,
cucuruchaca, coja y sorda
no tendría hijitos pajaritos pecos,
mecos, dregos, andorgos,
cucuruchacos, cojos y sordos.

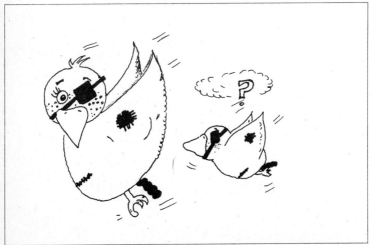

Ética gallinácea

Tengo una gallina ética,
pendética, pelambrética.
Con plumas pelúas
copete copetudito,
y cola pelúa, pelipelambrúa.
Como la gallina es ética,
pendética, pelambrética.
Con plumas pelúas
copete copetudito,
y cola pelúa, pelipelambrúa,
sus pollitos salieron éticos,
Pendéticos, pelambréticos.
Con plumas pelúas
copete copetudito,
y cola pelúa,
Pelipelambrúa.

LOS MAMÍFEROS

Zarracatapla mecla

Hay un nido de zarracatapla mecla
con cinco zarracatapillos
teclos y meclos;
cuando la zarracatapla mecla,
teclan y meclan, también taplan,
los zarracatapillos.

Tacuachalatraba

Este era un tlacuache
que se entlacuachaba
y tuvo que ir a ver
al desentlacuachador
para ver si lo desentlacuachaba.
Pero como el desentlacuachador
no pudo desentlacuacharlo
el tlacuache se fue entlacuachado
hasta su entlacuachada
Tlacuachartada.

¡Qué extrañatis trampitis!

Estaba la cabra cabratis,
subida en una peña peñatis.
Vino el lobo lobatis,
y le dijo a la cabra cabratis:
—Cabra cabratis,
baja bajatis,
de la peña peñatis.
—No, amigo lobatis,
que si bajo bajatis,
me agarras agarratis
del galgarranatis.
—Cabra cabratis,
no voy a agarrarte
del galgarranatis,
que es viernes viernatis,
y no como carne carnatis.
Bajó la cabra cabratis,

de la peña peñatis,
y el lobo lobatis
la agarró del galgarranatis.
—¡Amigo lobatis!
¡No decías que es viernes viernatis
y no comías carne carnatis?
—Cabra cabratis,
a necesidatis
no hay pecaditis.

Tres tristes tigres

Tres tristes tigres
en tres trastos
tragaban trigo
en un trigal.
En un trigal,
en tres trastos,
tragaban trigo,
tres tristes tigres.
Tres tristes tigres
tragaban trigo
en un trigal
en tres trastos trozados.

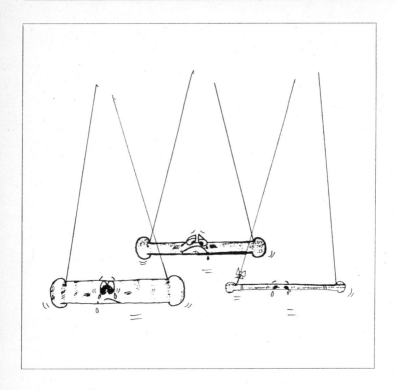

Tigres tristes trapecistas

En un trapecio de Trípoli
trabajan tristemente trastocados
tres tristes
tigres trogloditas.

Otra de tigres trabalengüísimos

En un tosco plato
comen tres tristes tigres trigo:
un tigre,
dos tigres,
tres tristes tigres,
tres tigres tristes.
Tigre tras tigre,
tigre tras tigre.

El doctor Pótamo

El hipopótamo Hipo
está con hipo.
Y su hipopotamito
con hipito.
¿Quién les quita el hipo
a los hipopótamos Hipo?

ANIMALES DE GRANJA

Una vaca peda

Una vaca peda, meda,
chupeteada, sorda y ciega;
si la vaca no fuera peda, meda,
chupeteada, sorda y ciega,
no tuviera hijos pedos, medos,
chupeteados, sordos y ciegos.

Puercoescipuesca

Por la calle abajito
baja la puerca,
puercoescipuesca,
con siete cochinillos,
Puercoescipuesquillos.

Lambam Balam

Una cabra típica de Lambam
es lambítica,
de Balam, balambítica.
Los cabritos típicos de Lambam
son lambíticos,
de Balam, balambíticos.

ANIMALES
DE CUENTO Y FÁBULA

El gato de la Cenicienta

Gato cenizoso,
sal de la ceniza
descenizósate, gato.

En el portal del Belén

En el portal del Belén hay un agujerito,
por donde entran las ovejas
y salen los... 1
En el portal del Belén hay un agujerito,
por donde entran las yeguas
y salen los... 2
En el portal del Belén hay un agujerito,
por donde entran las gallinas
y salen los...3
1 corderitos.   2 potrillos.   3 pollitos.

EN EL MUSEO

(Trabalenguas con cosas y objetos)

Capa parda

El que poca capa parda compra,
poca capa parda paga;
yo que compré poca capa parda,
poca capa parda pagué.

Un cono de coco

Va rico coco comiendo
a escape Pepe Pereira,
lo atrapa Papá Patricio
y brama Mamá Mamerta:

—Compadre, cómprame
un cono de coco.

—Comadre, no compro conos
ni compro cocos.

—Como poco coco como,
poco coco compro.

—Por un poco de coco un pobre
loco se comió un foco.

Pepe Piña pica papa

Pepe Piña Pecas pica papa,
pica papa Pepe Piña Pecas.

Pepe Peña

Pepe Peña
pela papa,
pica piña
pita un pito
pica piña,
pela papa,
Pepe Peña.

COPAS Y SALUD

Pocas copas

Compré pocas copas,
pocas copas compré;
y como compré pocas copas,
pocas copas pagué.

Vino en copa

Vino, vinín de copa,
quien no diga vino, vinón de copa,
no probará de esto ni una gota.
Vino, vinín de copón,
quien no diga vino, vinín de copa,
¿para qué vino?

Copitas en paquete

Poquito a poquito
Copete, Pepito y Paquito
empaquetan copitas
en este paquete.

(*Norma Verónica Islas Valencia*)

Tres tragos

Tras tres tragos y otros tres,
trago, trago y trago,
treinta y tres tragos de ron,
trepa intrépida al través
la zacarratepla.

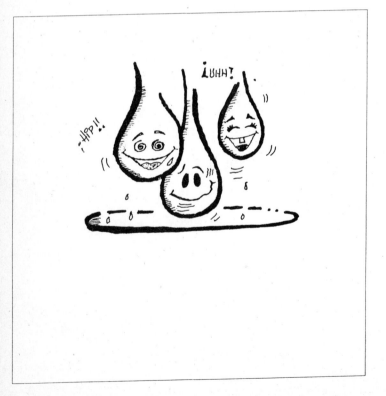

Tristes trastos

Tras estos tres tristes trastos,
qué triste está Trinidad.

¡Copas y más copas...!

Paco guarda las pocas copas
que poco a poco Pepe sacó...

COCHES Y FERROCARRILES

Un choque de coches en Chichén

En el coche chico de Cacho,
viajaban Machuco, Machuca
y el chico más chico de Checa.
En Chichén chocó con el coche
chato de Chacho.
Machucados y machacados
salieron Cacho, Machuca
y el chico más chico de Checa.
Chacho y Machuco
no se machacaron
ni se machucaron siquiera.

Un viaje de ¡ay!

De Ushuaia a Paraguay,
pasando por Uruguay,
¿cuántas leguas por agua hay?

Ché

Con una ce y una hache,
con una che,
tú me enchirichipiaste
o me enchirichiparás.
No te enchirichipé
ni te enchirichiparé.

Corro y corro

Corro y corro
con el carro,
si del carro caigo,
me rompo el morro.

Erre con erre

Erre con erre, cigarro.
Erre con erre, barril.
Rápidos ruedan los carros
por los rieles del ferrocarril.
Fui al ferrocarril de la ferrocarrilería
a preguntar al ferrocarrilero
si ferrocarriles de azúcar tenía.
Ferrocarriles no, carros sí.
Carros sí, ferrocarriles no.

TRABALENGUAS
CON PALABRAS USUALES

¡*Una palabrota*!

Una palabra grandota
que de la boca brota
y por el aire rebota
¡es una palabrota!

Usted dice

Si es así lo que usted dice
y usted dice cómo es,
como usted dice así es.

Cuenta-cuentos

Cuando cuentes cuentos
nunca cuentes cuantos cuentos cuentas,
porque si cuentas cuántos cuentos
cuentas no contarás cuentos.

Gustos disgustados

Si tu gusto no gusta del gusto
que gusta a mi gusto,
qué disgusto se lleva mi gusto
al ver que tu gusto no gusta del gusto
que gusta mi gusto.

2

Si le gustara a tu gusto
el gusto que gusta mi gusto,
gustosamente, mi gusto estaría
gustoso de gustar tu gusto.

3

El susto que se lleva mi gusto
al ver que tu gusto se asusta
cuando gusta del gusto que suele
mi gusto gustar, desaparecería.

4

Te digo que me disgusta
si te asusta justo
cuando mi gusto y el susto
se gustan de asustar
al gusto que gusta
tu gusto junto al gusto
que gusta mi gusto.

5

El susto y el gusto juntos
es justo lo que disgusta a mi gusto.

Corazón de acero

Con un puñal de acero
te descorazonaría.

Mordelón de la mordelonía

Mordelón de la mordelonía,
narizón de la narizonería
corazón de corazonería.
Calzón de la calzonería
rayón de la rayonería.
Marañón, marañón
de la marañonería.

Ji-ji, ja-já

Sombrero de jipijapa de jipijapería.
Canasta de pijipaja de pijipajería.

Borlín Borlao

Yo tengo un tío
en Borlín Borlao,
jarapito,
jarapitolao,
que me dice
que me embirle,
que me emborle,
que me jarapite,
que me pitolaje.
Y yo le digo
que no me embirlo,
ni me emborlo,
ni me jarapito,
ni me pitolajo.

¿Cómo?

¿Cómo como?
Como como como.

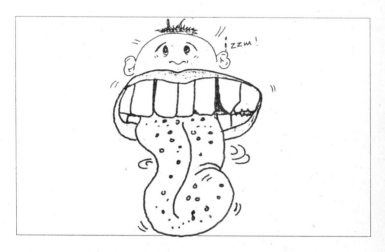

Trabalengua, trabalengua

Trabalengua, trabalengua
cuida no se trabe tu lengua
si tu lengua se traba, di:
Cruimpamblienda.

Lengua Traba

Se me lenguó la traba
y apalabróseme la yerra,
eso no le pasa a cualquiera.

Quiero querer

Quiero querer y no quiero querer
a quien no queriendo, quiero.
He querido sin querer
y estoy sin querer queriendo.
Si porque te quiero, quieres,
y quieres que te quiera
mucho más,
te quiero más que me quieres

¡Qué locura!

El amor es una locura
que sólo el cura lo cura.
Y cuando el cura lo cura,
comete una locura.

Refrán del miope

Si el verte fuera la muerte
y el no verte, la vida.
Prefiero la muerte y el verte,
que no verte y la vida.

El que mucho sabe

Ese, que mucho sabe
que me ayude a voces,
a decir tres veces ocho,
ocho, corcho, troncho y caña,
caña, troncho, corcho y ocho.

Tantos ríos

Tantos ríos, pocos puentes.
Pocos ríos, tantos puentes.

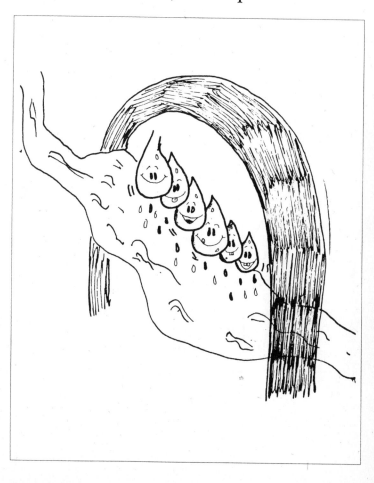

DE GÁRGARAS, PAN Y COMIDA

Gárgaras

Gla-gle-gli-glo-glu-güe-güi,
¡qué difícil es así!
Güi, gue, glu, glo, gli, gle, gla,
¡qué trabajo igual me da!

Parará papá

Papá, pon pan
para Pepín.
Pon pan, Pepín
pon pan,
para papá.
Pon pan.
—¿Parará, papá, parará?
—Parará, Pepín, parará.
Papá, pon para
Pepín pan.

Una albóndiga en la alhóndiga

No diga almóndiga.
Diga albóndiga alhóndiga,
alhóndiga albóndiga diga.

Salsa salada

Salas sala su salsa
con sal de Sales.
Si salas la salsa de Salas,
Salas saldrá salado.

Jamón jamado

Mojo jamón y lo jamo:
jamo jamón y lo mojo.

La jaula y Jaime

Jaime, baja la jaula, abajo del aula.
Y si no la bajas, déjala.

DE CAJAS, MADERAS Y SIERRAS

Cajita de tuturumbá

Toma esta cajita de tuturumbá,
toma y guárdala en un huequito,
que dentro hay un cachicamo
con cinco cachicamitos.

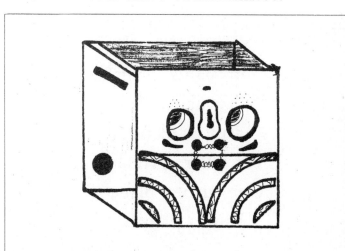

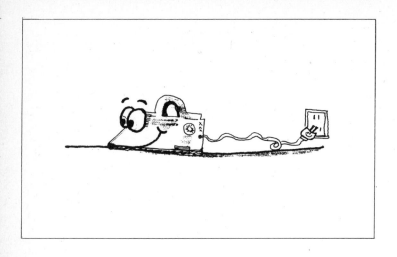

¿Qué tanto es tantito...?

Si Pancha plancha
con una plancha,
¿con cuántas planchas
plancha Panchita?
Pancha plancha
con cuatro planchas,
¿Con cuántas planchas
Pancha plancha?

La manta

Es tanta la manta
que tapa la mata
que Cuca se ataca
y canta la lata.

(*Ana Rosa Romero*)

Una tablita tarabintanticulada

Tengo una tablita
tarabintanticulada
el que la destarabintanticulase
será más que buen
Destarabintanticulizador.

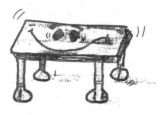

Cien sierras

Si cien sierras
aserran cien cipreses,
seiscientas sierras
aserrarán seiscientos cipreses.

Fortín

Fortín está fortificado,
por fuerzas federales.
Por fuerza federal,
Fortín está fortificado.

¡*Qué enredado*!

Por desenredar el enredo
que ayer enredé.
Hoy enredo el desenredo
que desenredé ayer.

PARANGARICUTIRIMÍCUARO EN CONSTANTINOPLA

Constantipolistiráticamente bien

El arzobispo de Constantinopla

El arzobispo de Constantinopla
se quiere desconstantinopolizar
y el que lo desconstantinopolice
un buen desconstantinopolizador será.

Parangaricutirimícuaro

Yo fui a Parangaricutirimícuaro,
allí me parangaricutirimícuizaron,
el desparangaricutirimicuador
que me desparangaricutirimizare
buen desparangaricutirimicuador será.

Yo tengo una muñeca

Yo tengo una muñeca
pescuecipelicrespa.
El que la despescuecipelicrespare,
un buen despescuecipelicrespador será.

La deshilazadura

Se deshilaza por la deshilazadura
el vestido del deshilazador.
Aquel que deshile la deshilazadura
será el siguiente deshilazador.

El rey de Parangaricutirimícuaro

El rey de Parangaricutirimícuaro
se quiere desparangaricutirimizar,
y aquel que lo desparangaricutirimizare,
un gran desparangaricutirimizador será.

(Isabel Huerta Millán)

El cielo encapotado

El cielo está encapotado,
¿quién lo desencapotará?
Aquel que lo desencapotare,
buen desencapotador será.

(*Ana María Rivera Martínez*)

El cielo enladrillado

El cielo está enladrillado,
¿quién lo desenladrillará?
Aquel que lo desenladrille,
buen desenladrillador será.

(*Mayra Esther López Hernández*)

Caricatura

El rey de caricaturilandia
se quiere descaricaturizar,
el que lo descaricaturice,
un gran descaricaturizador será.

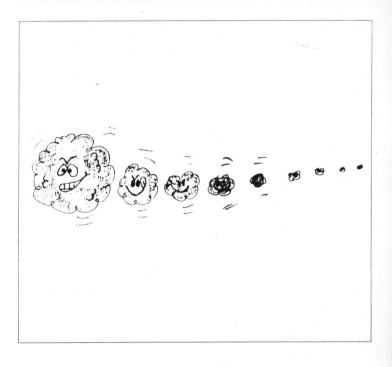

Contaminado

Todo está contaminado,
contaminado está,
el descontaminador
que lo descontamine,
buen descontaminador será.

Podador que podas la parra

Parra, el podador,
podaba una parra
en el huerto de espárragos,
y otro podador
que por allí pasaba,
apellidado Porra,
preguntó a Parra:
—Podador que podas la parra
en el huerto de espárragos,
¿qué parra podas?
¿podas mi parra
o tu parra podas?
—Ni mi parra podo
ni podo tu parra,
las parras de marras que podo
son la parra de Raúl Parra
y la parra de mi tío Bartolo.

Pérez-Gil

¡Comí perejil!
¿Qué haré?
¿Cómo me desperejilaré?

Gil Pérez

Fui al perejil
y me emperejilé,
para desemperejilarme
cómo me desenperejilaré.

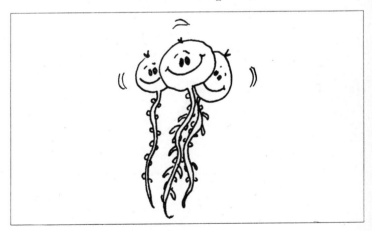

CUADROS
DE UNA EXPOSICIÓN

(Trabalenguas
con personajes)

El moro enamorado

El moro enamorado de la mora
que mira desde el muro
la morada del gran Moro,
espera la hora que la mora
desde el muro de la casa del moro
lo mire enamorada.

A Cuesta le cuesta

A Cuesta le cuesta
subir la cuesta.
En medio de la cuesta
Cuesta se acuesta.

El vasco brusco

Buscaba en el bosque Francisco,
a un vasco bizco muy brusco,
y al verle le dijo un chusco:
—¿Busca en el bosque
al vasco bizco brusco?
Pero al verlo tan brusco
le dijo al chusco:
—¡Busca tú al vasco bizco brusco!

¿En qué reza Rosa Rizo?

Un premio propuso
Narciso a Rosa Rizo
si aprendía a rezar en ruso.
Y hoy, aunque un tanto confuso,
reza en ruso Rosa Rizo.
Si Rosa Rizo, rusa, reza en ruso.
¿Cómo reza Rosa Rizo, rusa, en ruso?

Verso picado

Dime qué hace Lapico
contra mis versos adversos;
porque si pica perverso
lo que yo versifico,
con el pico de mis versos
a ese Lapico lo pico.

El che Pablo Plimbo

Pablo Plimbo
planta batatas,
pliega piolín,
plancha poplín.

Los cuentos de Quinto

Juan Quinto, una vez en Pinto,
contó de cuentos un ciento;
y un chico le dijo contento:
—¡Cuántos cuentos cuenta Quinto!

¿*Toma t*é?

Toto toma té.
Tita toma mate.
Y yo me la tomo
toda mi taza de chocolate.

¿Qué quita Zapata?

¡Viva esa pata!
¡Viva Zapata!
De la mesa de Tato
la tapa y la pata
quita Zapata.

Timoteo, Timoteo

Timoteo, Timoteo,
¿por qué tan feo?
Timoteo, Timoteo,
dos por tres,
da un traspiés.

El mago de Jerez

Dijo un mago de Jerez,
con su faja y traje majo:
—Al más majo tiro un tajo,
que soy jaque de jaez.

Pirata pata de palo

Pepo el pirata
baila en una pata
pues viento en popa
se seca su ropa.

¿Palito o bastón?

Matías mete cuchara,
no saca nada;
mete un palito,
saca un poquito;
mete un bastón,
saca un montón.

Doña Panchívida

Doña Panchívida
se cortó un dévido
con el cuchívido
del zapatévido.
Y su marívido
se puso brávido
porque el cuchívido
estaba afilávido.

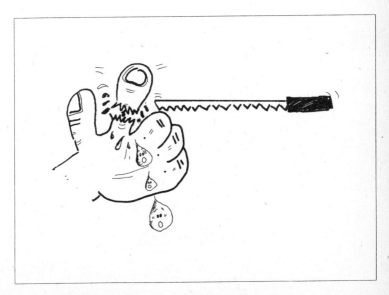

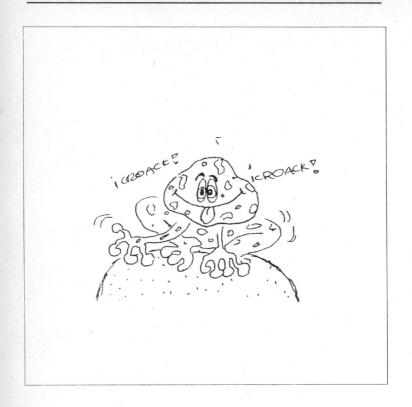

Esopo en Apizaco

Esopo en Apizaco sacó
de su saco un sapo seco.
Un sapo seco sacó Esopo
de su saco en Apizaco.

Virueja virueja

Había una vieja, virueja virueja,
de pico picotueja, de pomporerá.
Tenía tres hijos, virijos virijos,
de pico picotijos, de pomporerá.
Uno iba a la escuela,
viruela viruela, de pico picotuela,
de pomporerá.
Otro iba al estudio, virudio virudio, de
pico picudio, de pomporerá.
Otro iba al colegio, viregio viregio, de
pico picotegio, de pomporerá.
La vieja virueja virueja
les dijo a sus tres hijos:
—¿Quieren que les cuente el cuento de la
viru virubento de pompa vidá?... Pues
esta era una señora borola borola, que
tenía sus hijos botijos botijos.

Una iba a la escuela viguela
viguela, otra iba al estudio viudio
viudio, y el otro iba al
colegio olegio olegio.
Y así termina el cuento de la
viru virubento de la pompa vidá.
Aquí termina el cuento
viruento viruento
de pico picotuento
de pomporerá.

Basilisa va para la misa

Basilisa va para la misa
remendando la camisa.
Por la calle pisa paja,
por la calle paja pisa.
Arrepisa paja,
arrepaja pisa,
arrepisa paja,
arrepaja pisa.

¿Nariz o narices?

El cura de Alcañiz
a la nariz llama narices,
y el cura de Alcañices
a las narices llama nariz.

Paisajes privados

Pedro Pérez Pinto,
pintor preciosista,
pinta preciosos paisajes.
Por precio privativo,
para personas pudientes.

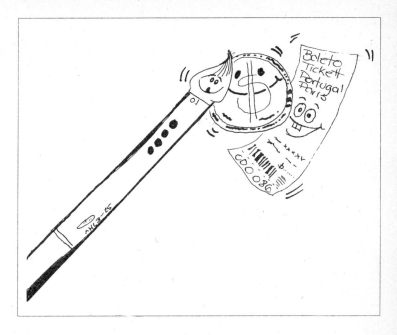

Pobres pintores paseantes

Pablo Pérez Percida era perito
pasante y pintor.
Pinta paisaje preciosos,
por precios promocionales,
para poder pagar pasaje para
París pasando por Portugal.

Pedro Pablo

Pedro Pablo Pérez Pereira,
pobre pintor portugués,
pinta paisajes por poco precio.

Pietro me aprieta

Si Pietro te aprieta o quiere apretarme,
yo también lo aprieto a Pietro.

Qué tapia...

No me lo tapien a Tapia
porque Tapia es muy mi amigo.
Quien quiera tapiar a Tapia
tendrá que tapiar conmigo.

Tapias, ¿otra vez?

Brinqué tapia, brinqué huerta,
comí hiel y hierba seca.

3

Canciones y juegos infantiles a modo de trabalenguas

El presidente de la república
avisa al público de la república
que el agua pública se va a acabar.
Para que el público de la república
tenga agua para tomar.
Para que el público de la república
lleve agua pública de la república a la ciudad.
Le dije al público de la república
que el agua pública se iba a acabar.
Para que el público de la república,
tome agua pública de Panamá.

Pipisigaña

Pipisigaña jugando a la caraña.
¿Con qué mano se juega?
Con la mano del rey.
¿Qué se hizo del rey?
Fue a traer agua.
¿Qué se hizo del agua?
Se la tomaron las gallinas.
¿Qué se hicieron de las gallinas?
Se fueron a poner un huevo.
¿Qué se hizo del huevo?
Se lo comió el padre.
¿Qué se hizo del padre?
Se fue a dar misa.
¿Qué se hizo de la misa?
Se hizo ceniza.
¿Qué se hizo ceniza?
La puerta de san Miguel.

¿Qué se hizo de san Miguel?
Se fue a tomar sopitas de miel.
¿Y a qué jugamos?
A pipisigañas.
¿Con qué mano se juega?
Con la mano de la reina...

Jerigonza de madre, liebres y vecinas enolladas

—Madre, notabre, sipilitabre,
¿voy al campo blanco, tranco, sipilitranco,
por una liebre, tiebre,
notiebre, sipilitiebre?
—Hijo, mijo, trijo, sipilitrijo,
ve al campo blanco, tranco, sipilitranco,
por una liebre, tiebre,
notiebre, sipilitiebre.
—Madre, notabre, sipilitabre,
aquí está la liebre, tiebre,
notiebre, sipilitiebre,
que cacé en el campo blanco,
tranco, sipilitranco.
—Hijo, mijo, trijo, sipilitrijo,
ve a casa de la vecina,

trina, trona, sipilitrina,
a ver si tiene una olla, orolla,
otrolla, sipilitrolla,
para guisar la liebre, tiebre,
notiebre, sipilitiebre.
—Vecina, trina, sipilitrina,
dice mi madre, notabre, sipilitabre,
que si tiene usted una olla,
orolla, otrolla, sipilitrolla,
para guisar una liebre, tiebre,
notiebre, sipilitiebre.
—Niño mío, miño, triño, sipilitriño,
dile a tu madre, notabre, sipilitabre,
que no tengo olla, orolla,
otrolla, sipilitrolla,
para guisar la liebre, tiebre,
notiebre, sipilitiebre.
—Madre, notabre, sipilitabre,
dice la vecina, trina, sipilitrina,

que no tiene olla, orolla,
otrolla, sipilitrolla,
para guisar la liebre, tiebre,
notiebre, sipilitiebre.
—Pues, hijo, mijo, trijo, sipilitrijo,
agarra la liebre, tiebre,
notiebre, sipilitiebre
y llévala al campo blanco,
tranco, sipilitranco.

El toro, al agua;
el agua, al fuego;
el fuego, al palo;
el palo, al perro;
el perro, al gato:
el gato, al ratón;
el ratón, a la araña;
y la araña a su amor.

Don Pedro el Orejón

A don Pedro el Orejón
muerto lo llevan en un cajón...
El cajón es de paja,
muerto lo llevan en un caja...
La caja es de pino,
muerto lo llevan en un pepino...
El pepino es zocato,
muerto lo llevan en un zapato...
El zapato es de cuero,
muerto lo llevan en un sombrero...
El sombrero es de cogollo,
muerto lo llevan derecho al hoyo.

¿Quiere que le cuente el cuento del coco?
Ni usted lo sabe ni yo tampoco...

Este es el cuento del candado,
que no se empezó y ya está acabado.

Este es el cuento de la pava,
que al comenzarlo se acaba.

Este es el cuento de una capa,
apenas lo comienzo y se me escapa.

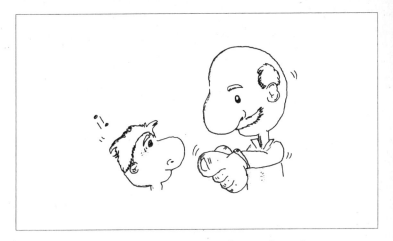

—Y este era un gato, con los pies de trapo y los ojos al revés, ¿quieres que te lo cuente otra vez? o ¿quieres que te cuente el cuento del gallo pelón y el hombre que fumaba la buena pipa?

—Sí.

—¿Sí? Yo no quiero que digas "sí". Quiero que me digas si este era un gato con los pies de trapo y los ojos al revés, ¿quieres que te lo cuente otra vez? o ¿quieres que te cuente el cuento del gallo pelón y el hombre que fumaba la buena pipa?

—Sí, quiero que me cuentes el cuento del gato, con los pies de trapo y los ojos al revés.

—Yo no te pregunté si querías que te contara el cuento del gato, con los pies de trapo y los ojos al revés. Lo que quiero saber es si quieres que te cuente el cuento de un gato, con los pies de trapo y los ojos al revés, ¿quieres de te lo cuente otra vez? o ¿quieres que te cuente el cuento del gallo pelón y el hombre que fumaba la buena pipa?

—Sí, quiero oír los dos cuentos.

—Yo no te pregunté si quieres oír los dos cuentos. Lo que quiero saber es si quieres que te cuente el cuento de un gato, con los pies de trapo y los ojos al revés, ¿quieres de te lo cuente otra vez? o ¿quieres que te cuente el cuento del gallo pelón y el hombre que fumaba la buena pipa?

—Haz como quieras...

—Yo no te dije "haz como quieras".

—Lo que quiero saber es si quieres que te cuente el cuento de un gato, con los pies de trapo y los ojos al revés, ¿quieres que te lo cuente otra vez? o ¿quieres que te cuente el cuento del gallo pelón y el hombre que fumaba la buena pipa?...

La llave de Roma

Esta es la llave de Roma
y toma:
En Roma hay una calle,
En la calle, una casa,
En la casa, un zaguán,
En el zaguán, un pasillo,
En el pasillo, una puerta,
En la puerta, una ventana,
En la ventana, una niña,
En la niña, un moño,
En el moño, una pulga,
En la pulga, una bacteria,
En la bacteria, un letrero,
En el letrero, un anuncio,
En el anuncio, dice:
Esta es la llave de Roma
y toma:

En Roma hay una calle,
En la calle, una casa,
En la casa, un zaguán,
En el zaguán, un pasillo,
En el pasillo, una cocina,
En la cocina, una sala,
En la sala, una alcoba,
En la alcoba, una cama,
En la cama, una dama,
En la dama, un pajarito,
El pajarito, dice:
Esta es la llave de Roma
y toma.

¿En qué se parecen una vaca y un elevador?

En que la vaca es un animal bruto. Bruto fue quien mató a César. Cesar sin acento no me dice nada. Cuando no nadas, te ahogas: la sangre se te sube al cerebro y es pesada; pesada se divide en dos: pez, primera sílaba de un pescado; y hada, persona buena que ayuda a la gente. La gente viaja en ferrocarril; el ferrocarril lleva cargas de oro; con el oro se hacen los anillos; los anillos se ponen en los dedos; los dedos tienen uñas; con las uñas matamos a los piojos. Piojos proviene de *Pi*, cuyo valor es 3,1416 y de ojos, órgano del cuerpo humano que nos sirve para ver y advertir que una vaca y un elevador no se parecen absolutamente en nada.

DESPEDIDA

Un chaleco colorado

Esta era una vez
tres hermanos que tenían
un chaleco colorado.
¡Qué bonito sería este cuento
si no se hubiese acabado!

El burrito feliz

El burrito estaba contento
con su zacatito adentro.
Y la burra enojada
porque no comió cebada.
Y colorín colorado,
¡este cuento, se ha acabado!
Hasta la próxima, cuates...

ESCRIBE TUS PROPIOS TRABALENGUAS
EN ESTE ESPACIO:

_____

_____

_____

_____

_____

_____

_____

_____

_____

Saca una fotocopia y mándalos a:
Guillermo Murray Prisant

Avenida Hidalgo num. 55, casa 1, Tepepan,
Xochimilco, México, D.F. (16020).

O mándalos por fax al (915) 675 24 32

¡Los ganadores recibirán una sorpresa!

PARA PADRES Y MAESTROS

RECOMENDACIONES

Quiero agradecer a las muchas personas que han colaborado para la realización de este segundo libro de trabalenguas.

En primer lugar, a los compañeros de radio, prensa y televisión, cuyo apoyo fue fundamental, ya que hicimos concursos de trabalenguas en diversos medios y algunos de los que hoy presento en esta nueva antología llegaron en las cartas o facsímiles de un centenar de amiguitos.

También a mis alumnos de la Escuela de Escritores de la SOGEM, quienes como parte de las tareas de la materia Literatura Infantil y Juvenil que imparto de manera conjunta con Beatriz Donnet, recopilaron otros tantos ejemplos.

Por otra parte, encontré trabalenguas hermanos en los libros:

► *Antología de la poesía infantil*, de Elsa Isabel Borneman, Editorial Latina, Buenos Aires.

► *No me maravillaría yo*, de Luz María Chapela. Libros del Rincón, SEP. Colección Chipichipi (1988-1992).

► *El libro de los trabalenguas*. Botella al Mar y el CNCA. Recopilación de Carmen Bravo-Villasante.

► *Trabalenguas, colmos, tantanes, refranes y un pilón*, de Margarita Robleda, SITESA.

► *Naranja dulce, limón partido*, de Sergio Andricaín, Flora Marín de Sásá y Antonio Orlando Rodríguez. Colección Biblioteca Promotor de Lectura, volumen I, UNESCO.

▶ *Trabalenguas y otras rimas infantiles.* Recopilación de Carmen Bravo-Villasante. Gondomar.

▶ *China, china, capuchina, en esta mano está la China.* Recopilación de Carmen Bravo-Villasante, SUSAETA.

Quisiera expresar mi mayor agradecimiento a Pilar Gómez y a las promotoras de lectura del IBBY, institución que se dedica al fomento de la lectura infantil y juvenil, pues siempre que las consulto me dan no una, sino dos manos.

Gracias.

Los trabalenguas han hecho reír a los abuelos de nuestros abuelos por la dificultad de su dicción o por las palabras altisonantes que terminamos pronunciando de manera por demás inocente. Decir un buen trabalenguas sin tropezones es todo un desafío.

Cuando comprobamos que únicamente los niños dicen los trabalenguas de corrido, y sin tropezar, saltando las repeticiones más difíciles y la trabazón antagónica entre vocales y consonantes que nos hacen mover la boca en morisquetas, comprendemos la utilidad de estos sencillos versitos.

Decir con soltura, alegría y, por qué no, cierto virtuosismo vocal o fonético un enredijo de palabras, tiene su chiste.

El premio siempre es la risa.

Pero sin que muchos de nosotros nos demos cuenta, aprendemos una buena dicción por medio de estos juegos.

Desarrollamos la memoria.

Jugamos con las palabras, lo cual es un antecedente extraordinario para estimular la lectura en niños y jóvenes. Más aún cuando se trata de silabeos divertidísimos, musicales, rítmicos, que cabalgan entre la nana y la poesía infantil elevada. Entre la canción y el cuento.

Malabarismo lingüístico que no debemos desechar, sino más bien comprender su función y su maravilla.

La búsqueda de locuciones difíciles que harán equivocarse a los hablantes es juego, no cabe duda. Destrabalenguas o trabalenguas, como se quiera. Que ejercitan al cerebro en una por demás difícil función psicomotriz. Donde no sólo se trata de pronunciar correctamente y sin fallas, sino también recordar con exactitud el orden de las palabras. La poesía, ¿acaso no es esto?

Es cierto que la función lúdica prevalece sobre las demás, aunque el ritmo, la métrica o en ocasiones la rima, han de ser los elementos indispensables, invisibles si se quiere, para que el trabalenguas funcione y se ejercite. En otras palabras, un trabalenguas sin estética, no existe.

Pasatiempos para demostrar habilidad, ejercicio vocal con los cuales un actor, un locutor o un recitador se preparan, aprendizaje de la lengua que nos conforma. Esto es lo que hacen los trabalenguas.

Las competencias no están mal en este sentido. Se trata de demostrar agilidad mental, mnemotécnica y oral. No se requiere más que un conjunto de niños y ganas de jugar, no es necesario un salón de clases, objetos terapéuticos o auxiliares pedagógicos. Todo el instrumental puede estar en nuestra lengua.

Así que las maestras que lo deseen, aprenderán de memoria algunos de ellos, para luego decírselos a sus pequeños con inteligencia y destreza.

En este libro recopilo. A veces, muy pocas, invento. Pero las más de ellas debo seleccionar algunas de las versiones que hasta mí llegan, pues son muy parecidas, unas mejores que otras. Y, cuando no hay posibilidad de jerarquizar, uno, zurzo, encabalgo y entre los parecidos busco los encadenamientos.

A veces me detengo en una letra y la exploro. Aunque ha sido el unirlos por medio de temáticas narrativas similares lo que más me ha llamado la atención, para obtener una galería de personajes, animales fantásticos y naturales, objetos raros o cotidianos, palabras que no existen o que son de uso diario. Y así, en su conjunto, tenemos un universo verbal en miniatura.

La memoria de los trabalenguas, me refiero ahora a la memoria de los pueblos, es importante. Se trata de una riqueza tradicional, folclórica, popular, la que va conformando la identidad y la pertenencia. Por eso vale la pena este anotar alegremente tantas palabras juguetonas.

Luego es bueno reproducirlas en voz alta, pues para ello fueron hechas. Escribirlas es como adormecerlas un poco con cloroformo, para que la lengua del lector las libere de inmediato. Y más cuando este jugar es gratuito, un compartir con los hijos o con los alumnos un placer que está al alcance de todos, lleno de sorpresas y satisfacciones. El juego consiste en decirlo sin errores de dicción, esto es: pronunciando todas las letras, en manera clara y lo más deprisa que podamos.

Es necesario decir que los trabalenguas están vivos, más vivos que nunca y que, por tanto, es posible inventarlos. Veremos lo dificultoso que resulta crear uno aceptable.

La aceptación se produce en el momento en que alguien lo memoriza y lo repite. Se aleja de nosotros, se va, se malabariza.

Algunas de las reglas para crearlos podrían ser:

➤ Buscar palabras parecidas, a veces sirven las homófonas.

➤ Buscar que las consonantes y vocales palatinas y labiales se contrapongan en las palabras buscadas o creadas.

➤ Buscar términos de difícil dicción.

➤ Crear sintaxis que lleven al equívoco.

➤ Tratar de encontrar las palabras cuyos sonidos puedan ser graciosos o que sus frecuentes equívocos nos hagan decir alguna palabra prohibida por el buen gusto, aunque admitida por la academia de la risa.

► Unir en un juego de contrapunto, ritmos y frecuencias las palabras que hemos hallado.

► Idear escenas, diálogos o acciones que, en cierto modo, den una hilatura al trabalenguas.

► Y, finalmente, en esta tarea, invocar a las hadas, dioses, musas y a la buena suerte... tal vez, si se reúnen las fuerzas necesarias y suficientes, tendremos un pequeño trabalenguas medianamente aceptable.

De ahí la importancia de los que la memoria colectiva acepta como suyos. De ahí la importancia de la antología.

Espero que esta segunda parte sea de su completo agrado.

Y deseo manifestarles mi agradecimiento por la gran acogida que le dieron a *Pablito clavó un clavito. El libro de los trabalenguas*, el primero de esta serie, con la esperanza de que este segundo libro de trabalenguas les guste tanto o más que el primero.

Guillermo Murray Prisant

Maestro en Psicodrama Psicoa-
nalítico por la Universidad de
Belgrano, Buenos Aires, Ar-
gentina; ha vinculado su acti-
vidad profesional con la creación
literaria, el periodismo escrito
y gráfico, los títeres y la cultura
infantil, con más de dos mil ar-
tículos publicados.

Autor de doce libros, su obra
de creación literaria ha recibido numerosos reconocimien-
tos en España y México, principalmente. Es invitado per-
manente como crítico teatral a los principales festivales de
títeres del mundo, y es un destacado conferencista acerca
de los temas: Títeres, Fomento a la lectura y Creatividad
e imaginación.

En la Escuela de Escritores de la Sociedad General de
Escritores de México (Sogem) es profesor titular de la asig-
natura La literatura infantil y juvenil en México y el
mundo.

Otros títulos del autor en nuestra casa editorial son:
Pablito clavó un clavito, Computación en familia
y Cuentos clásicos de hadas.

Esta edición se imprimió en Noviembre de 2004. Grupo Impresor
Mexicano. Trueno Mz 88 Lt 31 México, D.F. 09630